A

MONSEIGNEVR

FRERE VNIQVE
DV ROY.

ODE.

A PARIS.

M. DC. XXVIII.

A

MONSEIGNEVR
FRERE VNIQVE
DV ROY.

ODE.

E ne sçay point par mon estude
Faire droict vn arbre tortu,
Ny donner vn teint de Vertu
A quelque mauuaise habitude :
Ie ne sçay que c'est de flater ;
Mais quand ie veux faire éclater
La perfection qui m'inuite,
Ie sçay d'vn art inusité
Peindre le pourpre du merite
Par le blanc de la Verité.

A ij

Mais ma vagabonde pensée
Qui vient de courre l'Vniuers,
N'a rien trouué digne des vers
De l'Ode que i'ay commencee ;
Prince pardonnez moy ce tort :
Mon esprit auoit pris l'essort
Pour cercher au loin le merite
Ses yeux n'estoient pas assez bons,
Pour voir que la Vertu n'habite
Qu'en la famille des BOVRBONS.

Vous donc mon Prince que i'adore
Accompli chef d'œuure des Cieux
Dont le Visage gracieux
Est plus beau que celuy de Flore :
Petit Dieu du grand Vniuers,
L'obiect & l'ame de mes Vers
Receuez ces basses loüanges ;
Si ma voix en perfection
N'est egale à celle des Anges
Elle l'est en deuotion.

Les hommes qui ne ſont que terre
N'offencent point le Roy des Roys,
Lors qu'ils chantent à haute voix
La puiſſance de ſon tonnerre.
I'ayme mieux que mes doux accens
Sentent le parfun de l'encens
Que du muſc ou de la ciuette,
Et ſi comme ſimple rimeur
Ie n'ay la veine de Poëte,
Auſſi n'en ay-ie pas l'humeur.

Mais inſpiré d'vn ſainct genie
Pour vous laiſſer à vos neueux
Ie chante mieux que ie ne veux,
On diroit que i'entre en manie.
Apollon me verſe à plein ſeau
La liqueur du docte ruiſſeau
Que boit la race de memoire,
Qui s'attend de le voir finir
Auant que i'acheue l'Hiſtoire
Dont ie la veux entretenir.

Prophetifant les *aduantures*
Qui feront iour à vos exploix,
Ie veux d'vne diuine voix
Les conter aux races futures.
Comme dans l'acier d'vn miroir
Ie veux icy vous faire voir
Foulant aux pieds l'*Hydre* à cent teftes,
Quand les ruynes d'*Ilion*
Vous verront fuiure vos conqueftes
Sous la defpoüille du *Lyon*.

Ie vous feray voir à l'*Afrique*
Chef d'vn million de foldats,
Qui n'auront que des eftandarts
Au lieu de moufquet & de picque,
Ie vous peindrai naïfuement
Sur des tables de diament
Qui ne feront point confumees,
Et l'on vous verra dans mes vers
Porter les palmes *Idumees*
Iufques au bout de l'*Vniuers*.

Ie veux sur le riuage More
Vous voir adorer par Memnon,
Ie veux qu'il nomme voſtre nom
Chaque fois qu'il verra l'Aurore:
Les plus grands Roys humiliez
Laiſſeront tomber à vos pieds
Leurs couronnes & leur courages;
Quand vos foudres tombans des airs
Feront leurs villes des villages,
Et leurs Royaumes des deſerts.

     Thetis qui verra deſſus l'onde
Son Achille reſſuſcite
Calmera ſon front irrité
Pour vous conduire au bout du monde.
Vous pourrez dans voſtre vaiſſeau
Dormir comme dans vn berceau
Sans craindre les bancs ny l'orage,
Tandis que le Dieu Palemon
Qui viendra vous ſuiure à la nage
En gouvernera le timon.

Les vagues les plus mutinees
Vous voyant perdront leurs abbois,
Et vous rendrez de voſtre voix
Fixes les roches Cyanees.
Quand vos Nauires aſſeurez
Iront ſur les dos azurez
Des beaux Dauſins & des Balaines,
Vous verrez applanir les flots
Et les vents n'auront plus d'áleines
Que pour ayder vos Matelots.
Les Sirenes craignans qu'Vlyſſe
Ne les vienne encore cercher
Fuiront deuant vous ſe cacher
Dans quelque ſombre precipice :
Alors viendront de toutes pars
Auecque leurs cheueux eſpars,
Les Naïades les plus mignonnes,
En danſant au branſle des eaux
Vous faire de belles couronnes
De leurs guirlandes de roſeaux.
                          L'Amour

L'Amour qui ne craint point les Syrtes,
Et qui suit les braues guerriers
Sur vos Lys & sur vos Lauriers
Mettra des roses & des myrtes.
Neptune qui vous viendra voir
Sortira de son creux manoir
Sur vn char tiré par des Fougues,
Et criant sa grace à genoux
Deuant vos guerrieres falouques.
Vous tiendra ce langage doux.

    Prince contente toy du monde,
Puis que tout l'Vniuers est tien,
Ne vien point vsurper mon bien
En te faisant le Dieu de l'onde :
Et de reuanche ie promets
Que pour ne te fascher iamais
Ie seray doux par tes miracles :
Ou du moins tes sainGs Theoris

En allant querir tes Oracles
Seront mes vaisseaux fauoris.

   Apres ce que ie vien de dire,
Apres tant de gloire & d'honneur
Le comble de vostre bon-heur
Sera de me le faire escrire:
Alors sur vn Char triomphant
Trêné d'vn superbe Elephant,
Ie vous peindray dans mes ouurages
Si beau que les plus enuieux
S'ils se cognoissent aux images
Diront qu'on peint ainsi les Dieux.

   Sus doncques mon Prince courage,
Et pourquoy dilayez vous tant?
Desia l'honneur qui vous attend
Sollicite vostre ieune âge.
Oubliez pour vn peu l'Amour,
Tous les Rois à vostre retour

Mandieront voſtre alliance;
Vous trouuerez plus de dangers
Dans les delices de la France
Que dans les forts des eſtrangers.

Quand vous ſemerez vne peine
Vous moiſſonnerez cent plaiſirs,
Lors que vos alterez deſirs
Auront rencontré leur fontaine.
Souuant le miel charge le cœur
Quand vous retournerez vainqueur.
Voir dans quelque temps voſtre mere,
Vous direz que l'Aſtre du iour
N'auoit pas la face ſi claire
A voſtre depart qu'au retour.

Alors Caliſte ſera belle
Mille fois plus qu'elle n'eſt pas,
Vous verrez doubler ſes appas
Quand vous parlerez auec elle.

                    B ij

Apres ces actes genereux,
Apres ces plaisirs amoureux
Qui soulageront voftre peine
Defpoüillant la mortalité,
Comme ce braue fils d'Alcmene
Vous viurez à l'eternité.

Par le tres-humble, tres-fidele,
& tres-obeyffant feruiteur de
voftre Alteffe.
DE IAVERSAC.

www.ingramcontent.com/pod-product-compliance
Lightning Source LLC
Chambersburg PA
CBHW061440170626
46811CB00005B/2323